AF296090

DU PAIN

AU PEUPLE

PAR

CHARLES MARCHAL.

PARIS

DESLOGES, ÉDITEUR,

RUE SAINT-ANDRÉ-DES-ARTS, 39.

1848

A M. BERRYER.

HOMMAGE DE PROFONDE RECONNAISSANCE ET DE TENDRE
RESPECT.

Charles MARCHAL

Paris, novembre 1848.

DU
PAIN AU PEUPLE.

I.

C'était vers la fin de juillet de l'année 1848, le cinquième mois de la mauvaise République que nous ont faite les gens du *National.*

J'étais ruiné, comme tout le monde, depuis que les médiocres et avides hommes d'État de la rue Lepelletier ont dressé leurs tréteaux sur nos places publiques. Avec la confiance et le crédit avait disparu, pour un homme n'ayant pour toutes ressources que sa plume, la possibilité de vivre.

C'est bien vrai ! je serais mort de faim depuis longtemps sans quelques amis, bonnes âmes de la veille et du lendemain, parmi lesquels un membre de l'Assemblée Nationale, qui siège à droite, homme de génie et homme de cœur, qui n'a pas barbouillé les murs des mots *Liberté, Egalité, Fraternité,* mais qui a l'âme du Christ pour les pauvres.

C'était fin juillet, mois douloureux : ma pauvre mère venait de mourir de misère et de chagrin ; — ma tante, sa sœur, râlait son agonie sur le grabat d'un hôpital ; — ma femme ne trouvait pas plus dans les arts l'utilité de son talent que je ne trouvais celle du mien dans les lettres ; enfin, j'étais à peu près dans l'horrible position où je suis à cette heure plongé en compagnie d'une foule d'honnêtes citoyens réduits à demander au Ciel le plus affreux des tyrans, pourvu qu'ils puissent manger. — Hélas ! le ciel est impitoyable. C'est en vain que, dans nos prières quotidiennes, nous disons au Roi du monde :

« Notre Père qui êtes aux cieux, donnez-nous aujourd'hui « un czar ; pardonnez-nous nos révolutions et délivrez-nous « de la dynastie du *National*. Ainsi soit-il. »

Il n'en est point ainsi. Nous continuons à avoir trop de liberté. Nous sommes bien plus libres que sous la monarchie, — mais c'est de mourir de faim.

II.

C'était donc en juillet dernier, à Paris.

A un septième étage d'une maison de vulgaire apparence, dans une chambre horrible de nudité et de misère, une jeune femme, remarquablement belle, mais dont les traits paraissaient fatigués et flétris, pleurait en silence. Quoiqu'on fût en été, il faisait froid ce soir-là pour les pauvres. Hélas ! quand fait-il chaud pour ceux qui n'ont pas mangé ?...

La jeune femme tenait dans ses bras un enfant de trois ans, qui, grelottant de faim, laissait échapper de ses lèvres pâles de sourds gémissements.

La chambre dans laquelle nous pénétrons était grande, — trop grande en hiver pour celle qui l'habitait, parce que le bois lui manquait. Le toit, — car elle était située au dernier étage, — était soutenu par d'immenses poutres qui s'allongeaient sur le plafond blanchi à la chaux. Elle était tapissée par un papier grossier, en plusieurs endroits lézardé. La fenêtre, étroite, qui fournissait très-peu de jour, n'avait point de bourrelets, et le vent, en hiver, faisait gémir ses vitres jaunes.

Le parquet, qui jamais n'avait été ciré, rendu noir par l'eau, la crotte et le frottement, avait été souvent et en vain essuyé par un affreux balai de bouleau qui se tenait, dans un coin, droit comme un gendarme, je veux dire comme un ministre des affaires étrangères ou un ancien marchand de bois, ce qui, sous cette République, est la même chose.

Devant la fenêtre il y avait une mauvaise table d'orme, au fond une couchette boiteuse de ce bois blanc qu'on appelle grisar, avec une paillasse et un matelas horriblement dur et maigre, — comme un pouvoir exécutif.

Les draps de ce lit n'étaient plus blancs ; pour les cacher

la pauvre femme qui logeait dans ce réduit les avait couverts d'un châle de mousseline laine d'un vert passé. Sur une planche de chêne dormaient quelques assiettes, des tasses, des bols, qui semblaient attester que l'habitante de la mansarde avait connu des jours meilleurs, avant la révolution.

La République de l'incapacité et du désordre avait passé par là!

Comme on aime peu ce qui tue, cette pauvre femme ne devait pas aimer la République.

Au coin de la cheminée, il y avait une chaise d'enfant en acajou, — luxe frappant dans ce lieu, *luxe criminel*, diraient ces philosophes du confortable, qui espèrent, douce perspective! que le jour viendra où, ramenés à l'état sauvage, et mangeant tous à la même gamelle, nous nous moucherons avec nos doigts et nous nous assiérons par terre.

L'inconnue avait au plus vingt ans. Elle avait une figure belle, distinguée, *aristocratique*, — je le dirais à M. le marquis Pagnerre lui-même, morbleu ! Cette figure (pas celle de M. Pagnerre) était noble, distinguée, rendue pâle par la douleur. Ses beaux yeux bleus respiraient la souffrance, le découragement; — mais, quand ils s'abaissaient sur son enfant, ils s'animaient et prenaient une expression d'amour et de délire. Pour ceux qui savent le langage des yeux, il y avait dans celui de la jeune femme quelque chose de singulièrement éloquent, d'affreusement douloureux. — Le costume de la pauvre mère, quoique déjà usé, était propre et d'une étoffe qui disait qu'elle n'avait pas toujours été aussi misérable. Elle avait une robe de soie noire et des brodequins de velours de la même couleur. Elle portait le tout avec une suprême élégance. Ses cheveux opulents étaient relevés avec grâce sur le sommet de sa tête, et leurs boucles blondes tombaient mollement sur son sein gonflé par les soupirs. Enfin elle avait les mains blanches de l'oisiveté, — triste privilège imposé par les êtres sans grandeur et sans talent qui se sont emparés du pouvoir depuis Février. — Ah ! pour nourrir son fils, comme elle eût voulu avoir du travail ! — Mères qui me lisez, vous comprendrez cela avec votre cœur... L'enfant était une ravissante créature. Il était beau comme ces petits anges que les peintres aiment à créer; il avait des yeux bleus, autrefois vifs, aujourd'hui ternes ; des joues qui avaient été roses, de petites dents qui, au temps où il riait, s'épanouissaient sous ses lèvres comme un double collier de perles fines ; des cheveux blonds tout bouclés. Le costume de son fils était le dernier luxe qui restât à cette mère désolée.

Tandis que, poussée par l'impitoyable besoin auquel échappent seuls les repus du *National*, elle avait fait argent de tout, vendant d'abord ses bijoux, puis ses meubles, puis ses effets, pendant que les femmes des nouveaux maîtres de la France entassaient pour la première fois bijoux, meubles, elle avait épargné les jolies choses qui servaient à parer son idole. Ainsi l'enfant portait une robe de laine à carreaux ; sa chemise, soigneusement plissée, et de la plus fine batiste, avait une collerette qui entourait son col blanc et son frais menton ; sous sa robe, il avait un pantalon de velours, mais ses brodequins n'étaient presque plus mettables ; ils n'avaient plus de lacets, et ses bas de coton rose étaient retenus par de viles ficelles. La misère attaquait par là le pauvre petit.

Ceux qui ont été en France depuis quelques mois, et qui par conséquent ont souffert de la misère, sont presque tous arrivés à cet état de profond dénuement où il ne reste plus guère que la mort, — la mort atroce et sans défense. Ce que cette situation a de profondément douloureux, Dieu seul le sait. Le Christ, en faisant appel à la fraternité entre tous les hommes, avait fourni le divin remède à ce mal horrible qui ronge le plus grand nombre, et les faux républicains venus au pouvoir se vantaient d'avoir résolu le problème du prolétariat.

Elle avait menti, cette coterie indécente d'affamés corrompus, dont la nullité orgueilleuse et l'insatiable avidité a ruiné la France.

Quoi ! vous qui saviez si bien vous appitoyer sur les misères publiques et en faire reproche à la monarchie, vous ne les tarissez pas une fois au pouvoir ! Vous les rendez plus cruelles, plus nombreuses, plus implacables que jamais ! Ah ça, mais qui donc trompe-t-on ici ?...

Le Peuple, n'est-ce pas ?

Toujours ce bon Peuple, qui se fait tuer pour avoir du pain, qui, vainqueur d'une prétendue royauté où il était malheureux, tombe dans une prétendue République où il meurt tout-à-fait ; ce pauvre peuple qui, après la bataille, laisse les charlatants sans vergogne se partager le pouvoir, et auquel on vient faire croire qu'il est très-heureux, parce que M. Marrast jouera au roi à Versailles, car je l'ai vu, moi, je l'ai vu dans un concert, l'affreux petit homme, je l'ai vu prélasser son incapacité hautaine et notoire à la place de Louis XIV !... Et j'en ai rougi pour ma patrie et pour l'histoire...

Et croyez-vous que sur ce trône il était fixe et pétrifié ? Non, il était radieux ; il était pétulant, — le malheureux ! Et croyez-vous qu'il sortit honteux et repentant ? Non, il sortit ridicule et superbe. Et si l'Assemblée ne le siffla pas, ce fut par respect pour elle-même... Elle avait fini par ne plus daigner lever les yeux sur son impudence.

Mais c'est assez récriminer contre ces êtres du *National*; ils vont rentrer bientôt dans l'obscurité d'où ils n'auraient dû jamais sortir.

C'est bien, qu'ils s'y cachent, car ils sont laids, fort laids ; qu'ils y fassent pénitence, car ils sont coupables ; coupables sans les moindres circonstances atténuantes, — au contraire.

III.

La pauvre mère en était arrivé à ce moment fatal; elle n'avait plus de pain pour nourrir son enfant ; et elle le sentait mourir sur son sein! Ah ! que de larmes étouffées déjà dans les abîmes de son cœur maternel!... Elle-même n'avait pas mangé depuis trente-six heures, et elle souffrait... Sa figure était devenue livide ; ses yeux étaient cernés et creuses ses joues..... Elle était là affaissée, tremblante, sans espoir... Ah! comme elle se fût ouvert les veines avec joie si son sang avait pu nourrir son enfant!...— Elle le regarda ; — elle le toucha ; — il était glacé.

— Maxime, dit-elle avec terreur. — Il ne répondit pas. — Souffres-tu? continua-t-elle avec anxiété. Oh ! oui ! il souffre ! il a faim !... Maxime !

Un sort pareil, fût-il mérité, à lui seul est éloquent, et quand ils en seront réduits là, ceux qui ont tué ma pauvre mère, il me semble que j'aurai pitié d'eux.

C'eût été déchirant à voir. Ils avaient faim ; elle n'avait pas d'ouvrage, parce qu'au lieu d'hommes de cœur et de tête, c'étaient des hommes d'argent et des imbéciles qui étaient au pouvoir.

L'enfant fit un mouvement. — Il n'est pas mort ! s'écria la mère ; — merci, merci, mon Dieu !... Que faire? que faire ?... Plus rien à vendre, plus rien, rien! et plus de travail ! Ah ! les pauvres combattants ! c'est pour mourir de faim qu'ils se sont battus !...

La mère ne pleurait plus; la source de ses larmes était entièrement tarie. Elle prit son enfant, le serra passionnément sur son cœur et le couvrit de baisers dans une étreinte ardente et enthousiaste. Réchauffé par ces brûlantes caresses, l'enfant rouvrit ses yeux à demi fermés et murmura ces paroles d'une voix douce : — *Pauvre petite maman, ne pleures pas !*

A ce cri de l'âme, la mère retrouva quelque énergie ; elle se leva, tenant toujours son enfant sur sa poitrine et se mit à se promener dans sa mansarde.

— Ah ! s'écriait-elle, pourquoi t'ai-je mis au monde ? Déplorable destinée ! Plût à Dieu que tu ne fusses pas né, tu ne connaîtrais pas la souffrance !

— J'ai faim, murmura l'enfant.

Elle s'arrêta, garda l'enfant sur son cœur, s'agenouilla, et les mains étendues :

— O Dieu tout-puissant ! dit-elle d'une voix vibrante et désolée, ayez pitié de lui !... O Christ ! laisserez-vous cet ange mourir... Je ne veux rien pour moi .. J'ai laissé mon mari aller se battre ; je suis punie... En corrigeant les rois, vous corrigez les peuples, ô mon Dieu ! mais lui, lui, cet innocent... Faut-il donc que je me jette dans la honte, que j'échange mon âme contre de l'or ?... Mais non, il me reste l'aumône... Vous avez béni les pauvres et les mendiants, ô Seigneur ; et vous avez fait de l'humilité un devoir.. Point de honte ! la misère n'est point un crime... Viens ! Viens !!...

Elle s'était relevée, haletante, folle, en délire, et elle avait vivement pris la main de son fils, qu'elle entraîna loin de la mansarde. Elle descendit l'escalier rapidement. Arrivée au second , elle s'arrêta pour laisser passer deux femmes bien mises et hautaines, les femmes de deux membres de la Commission exécutive, deux reines du Luxembourg, — heureuses d'être riches du lendemain, heureuses d'être au monde, enfin sans souci de leur gîte et de leur pain. — C'est l'une de ces deux dames provisoires qui a prononcé ce mot devenu justement célèbre : — *Les princesses, c'est nous qui les sont !* La mendiante, car on peut désormais lui donner ce nom comme à tant d'autres, hélas ! — la mendiante s'effaça dans l'ombre, par un sentiment de honte naturel au malheur ; — elle se fit petite devant ces petites parvenues, elle se cacha autant qu'elle put ; mais le claquement de ses dents, et le frissonnement de son corps froid la trahirent. Les deux *reines* du lendemain (qui sait ce qu'elles étaient de la veille !), laissèrent tomber, dans leur vanité féroce, un regard orgueilleux sur la pauvre mère et sur son fils, et sonnèrent à la porte du second étage, où demeurait sans doute quelque nullité dont il fallait absolument faire un fonctionnaire.

La pauvresse descendit l'escalier. — O mon Dieu ! dit-elle, inspirez ceux qui passent !

Elle était dans la rue. La nuit se faisait ; elle avait repris son enfant dans ses bras. Elle se glissa le long des maisons voisines, car elle ne voulait pas mendier à sa porte. Elle prit la première rue qui s'offrit à ses yeux hagards, et, s'appuyant chancelante et éperdue sur une borne glacée, elle attendit....

Les premiers qui passèrent, et qui auraient pu autrefois la soulager, aujourd'hui ruinés eux-mêmes, détournèrent la tête en pensant que si la prospérité continuait à croître de la même façon, ils en seraient bientôt réduits là, — Maman j'ai bien faim ! répétait l'enfant tout grelottant, car il n'avait pas pour réchauffer ses membres le soleil du bon Dieu qui fait oublier la faim.

La jeune femme, à cette plainte qui lui arrachait le cœur, marcha devant elle, décidée à accoster celui qu'elle rencontrerait d'abord. A ce moment, les deux citoyennes exécutives qu'elle avait vu entrer dans sa maison, la frôlèrent en passant. Malgré sa résolution, elle n'osait pas implorer leur charité tant leur luxe insultait à sa misère, lorsqu'elle les vit rejoindre par un homme politique qu'elle reconnut pour être un des membres de la Commission exécutive, siégant au Petit-Luxembourg.

— Monsieur, lui dit-elle d'une voix basse, honteuse, timide, — la charité s'il vous plaît... Mon enfant a faim et a froid, ajouta-t-elle en inclinant son front pâle.

L'homme exécutif entendit parfaitement ; il ne tressaillit pas à cette voix, ce grand parleur de FRATERNITÉ! C'est pourtant ainsi, dans l'ombre et sans arrière-pensée, qu'il convient que le bien soit fait. —Qui que vous soyez, — quoique n'ayant jamais siégé au Petit-Luxembourg,—quand vous voyez un mendiant vous tendre la main en pleurant, quand vous voyez un pauvre en guenilles accroupi dans les ordures, disputant (je l'ai vu de mes yeux vu, dans ce temps de misère générale) disputant aux chiens de la rue un os immonde, — ne sentez-vous pas une grande douleur et une grande compassion vous étreindre le cœur? N'avez-vous pas une sorte de respect pour la misère de cet homme? ne souffrez-vous pas avec lui, pour lui, du sentiment de honte que sa pauvreté lui inspire? et quand vous avez pu, malgré le manque de travail et les impôts, le secourir par une aumône, n'êtes-vous pas honteux des serviles remercîments qu'il vous adresse, des noms dont il caresse votre amour-propre? N'éprouvez-vous pas le besoin de vous soustraire à sa gratitude ?... C'est que la charité puissante frémit dans votre cœur.

Gardez, gardez éternellement ces beaux sentiments, et Dieu vous bénira. Chrétien , si tu veux bien remplir tes jours, vas sécher les pleurs modestes qui coulent en silence ; par la charité taris leur source trop féconde; sois le consolateur de l'affligé , l'astre de l'infortune, l'ami du pauvre ; apprends à soulager les maux de tes semblables , et si un jour Dieu te soumet à des épreuves rudes , tu seras fort contre la douleur. — Riches honnêtes, Dieu vous bénira. Mauvais riches, le pauvre est votre frère en ce monde, prenez garde qu'il ne soit votre accusateur dans l'autre !...

Malheur aux égoïstes ! malheur à ceux qui ne vivent que pour eux, au mépris de l'Evangile qui nous fait un devoir du sacrifice ! malheur surtout aux hypocrites qui , avec des paroles de fraternité sans cesse à la bouche, méprisent les pauvres, se servent du peuple comme d'un marchepied, et ne le flattent dans ses vices et dans ses passions que pour le tromper. Les meilleurs amis du peuple ne sont pas ceux qui le disent, et ceux qu'on pense ; je me charge de l'éclairer , lui qui peut tout pacifiquement, par le suffrage universel , —honnête et prochain bourreau de la dynastie des marquis de la rue Lepelletier.

IV.

Le lendemain soir même, la pauvre femme, ruinée par la République, écrivit *aux hommes d'Etat* de la République, à *tous* ceux qui siégeaient au Luxembourg ; ses lettres leur furent remises à eux-mêmes ; ils ne lui répondirent pas ; — et son enfant mourut dans la nuit suivante.

Elle ne lui survécut que quelques heures.

Cette histoire est affreusement vraie.

Dans le même temps un grand nombre de pauvres furent trouvés *morts de faim* dans les rues. Hier un homme est mort *d'inanition et de misère* au coin d'une PROPRIÉTÉ NATIONALE sur le fronton de laquelle le mot *Fraternité* était écrit.

Et cela arrive tous les jours ; — à la honte éternelle de ceux qui nous gouvernent. Les pauvres le sont plus qu'auparavant et les riches sont devenus pauvres.

— Si ceux qui ne mangent pas se réunissaient pour manger ceux qui mangent, la moitié de la France mangerait l'autre moitié, disait quelqu'un.

— Mauvais moyen pour ne pas mourir de faim, répondit un

ouvrier; car ceux qui resteraient se mangeraient bientôt les uns les autres.

Et c'est vrai. — Ce n'est pas avec des mesures de violence que l'on donnera du pain au Peuple, à cette multitude de citoyens de toutes professions, ouvriers, artistes, littérateurs, qui souffrent du besoin, de la honte, du présent affreux et de l'avenir sombre, enfin de tout ce qui brise à la fois le corps et le cœur.

Et si encore nous avions la liberté! mais non; pas de liberté de la presse, pas de liberté individuelle... Et les gens qui agissent ainsi ont écrit autrefois dans le *National :*

— « Nous avons toujours dit que nous aimerions mieux, pour notre pays, une monarchie libre qu'une République sans liberté, et que les garanties politiques passaient, pour nous, avant les questions de forme et d'organisation gouvernementale. »

Le Peuple qui souffre, pense aujourd'hui ce que pensait autrefois le *National*; et pour lui les garanties sociales passent **avant** *les questions de forme et d'organisation gouvernementale.*

***

V.

Le peuple a faim.

Le peuple a froid.

Il manque de pain; il manque de vêtements; il est affamé et il est nu...

Le peuple souffre; le peuple attend.....

Être appelé *peuple souverain*, c'est fort beau, — mais c'est bien peu quand on est en proie à la misère, à la faim, au désespoir.

En présence de ces misères sans nombre, qui pourrait rester inactif et silencieux?

Quant à nous, nous ne cessons de le dire, parce que c'est la vérité, la faim égare et pousse aux extrémités déplorables; la faim soulève les tempêtes;—la faim frappe, elle ne raisonne pas. C'est le débat cruel de la douleur contre l'inexorable fatalité, contre l'égoïsme impie.....

Mais point de paroles amères... Nous voulons la paix; nous prêchons la conciliation et la concorde...

Avant tout, c'est du pain qu'il faut donner au peuple.

Pour donner du pain au peuple, il faut réaliser le Gouvernement à bon marché; il faut introduire l'ordre et l'économie dans les finances; il faut arrêter l'aggravation des charges de l'État; il faut faire renaître le crédit et la confiance par une série de mesures honnêtes et démocra iques, propres à rassurer le pays; il faut apporter au Pouvoir de la probité, de la compassion, et ce n'est pas tout, pour se tenir en garde contre les *ultra* qui ont toujours perdu tous les partis, il faut avoir autant d'intelligence que de vertu.

D'un autre côté, pour que le peuple ait du pain, il faut qu'il ait de l'ouvrage, seul moyen digne de lui d'avoir du pain.—Et pour avoir de l'ouvrage, il faut qu'il soit calme, pacifique, no-ble, magnanime, patient comme il convient aux forts.

Il faut pour avoir du travail, du pain, que le peuple aime l'ordre. Il faut qu'on lui fasse aimer l'ordre !

L'ordre, c'est le travail ;

L'ordre, c'est la paix ;

L'ordre, c'est le bien-être ;

L'ordre c'est du pain ;

L'ordre est autant dans l'intérêt du peuple que dans celui de la bourgeoisie. Ah ! puisqu'aussi bien j'ai prononcé ce nom , je dirai de suite quel est le rôle que lui imposent le salut de la patrie, la gravité des circonstances, le souci de sa conservation et celui bien plus cher encore de son honneur.

Que la bourgeoisie ait été surprise au 24 Février par les républicains, jeunes hommes impatients, au cœur exalté, à la tête chaude, à l'âme ardente, combattants intrépides derrière lesquels se cachaient, envieux et guetteurs, les hommes médiocres de la dynastie du *National*, — rien de plus vrai, mais qu'elle ait, dès le lendemain de la victoire radicale, accepté la République par amour pour l'ordre, cela est aussi bien certain.

Mais hélas ! nous avons eu bientôt tous de mauvaises journées; que de misères, que de larmes ! que de tumultes ! que d'agitations insensées et stériles ! que de malentendus ! que de mauvaises volontés ! — que de sang !

Sur qui retombe la responsabilité de ces malheurs devant Dieu , car les hommes ont pardonné ou n'ont pas su !

Évidemment, les êtres du *National,* individus avides et incapables qui se sont emparés du Pouvoir et n'ont rien fait pour le bien-être général, rien pour le commerce perdu , rien pour le peuple affamé.

Au lieu de donner l'argent du peuple, la sueur du contribuable à des milliers d'ouvriers pour ne rien faire, il fallait prêter cet argent à des industriels en leur imposant des conditions fraternelles.

Il fallait prendre la main du bourgeois et du prolétaire, et leur dire :

« — Frères ! associez-vous ! aimez-vous ! »

Car enfin, il y a imbécillité, il y a mauvaise foi, il y a crime à méconnaître les souffrances qui pèsent sur le plus grand nombre ; il y a infirmité, ineptie chez l'homme d'État qui n'offre pas à ses capacités le but noble et saint de soulager ces immenses misères.

On ne nous trouvera jamais fomentant l'émeute, attisant les feux ardents de la guerre civile, prêchant le meurtre et la guerre ; — les braves ouvriers qui écoutent notre voix, qui nous aiment et qui nous connaissent, le savent bien.

Mais aussi, on nous trouvera toujours intrépide dans les luttes pour l'extinction du paupérisme, pour la propagation de l'instruction et du bien-être ; et si nous respectons la propriété, c'est parce que nous la voulons accessible à tous nos frères par le travail, béni de Dieu.

Nous ne voulons l'oppression de personne, et nous aimons trop sincèrement le peuple pour ne pas lui dire la vérité, si amère qu'elle soit ;—mais nous voulons que tout le monde mange en travaillant.

Nous voulons que le pain ne soit pas plus une question pour tout ce qui a vie, que l'air, donné à profusion par la Providence à tous les hommes.

VI.

Il est déplorable, il est honteux pour un Gouvernement d'exporter des milliers de citoyens parce qu'il ne peut leur donner du travail, parce qu'il n'a pas la confiance du pays.

Avant de songer à coloniser l'Algérie, on aurait bien fait de coloniser la France, qui en a tant besoin.

Les bras manquent à l'agriculture ; il aurait donc fallu encourager l'agriculture, et décentraliser les villes où les ouvriers trop nombreux sont malheureux.

Nous voulons que le pain soit, comme l'air, la propriété de tous les hommes. Il serait bien aussi, je pense, que l'État monopolisât les céréales comme il monopolise le tabac, avec cette différence, qu'il ne prélèverait pas de bénéfices sur les céréales comme il en prélève sur le tabac.

La France, en moyenne, consomme moins d'hectolitres de

blé qu'elle n'en peut produire, avec tous les hectares de terre labourable, sans compter les landes et bruyères susceptibles de défrichement.

Le problème est donc bien facile à résoudre avec un peu de bonne volonté.

VII.

La bonne volonté doit venir de ceux qui composent la classe moyenne, les classes aisées.

La Révolution de Février, réaction violente contre le système corrompu et écrasant de Louis-Philippe, — impose à la bourgeoisie d'austères, d'impérieux devoirs. Méconnaître le mouvement souterrain et légitime qui se produit dans les masses et qui est appelé à enfanter tant de crises violentes s'il n'est sagement et philanthropiquement guidé, serait le fait d'un esprit étroit. —Au lieu de nier la lumière, ne vaut-il pas mieux s'en servir pour éclairer sa route!... Pourquoi rester volontairement dans les ténèbres?

Le suffrage universel a mis fin au monopole politique de la bourgeoisie ; il a détruit les privilèges du *pays légal* ; il a posé largement le problème de la misère. Ce problème, il faut le résoudre pacifiquement si l'on ne veut pas qu'il nous jette dans les embarras de guerres civiles sanglantes et douloureuses, et après lesquelles nous serions tout aussi affamés qu'auparavant.

Tout regret, chez la bourgeoisie, serait chimérique, toute tentative réactionnaire contre le suffrage universel serait dangereuse ; qu'elle ait donc le courage de renoncer à son vieux rôle et d'accepter franchement, loyalement, courageusement la mission nouvelle que lui imposent les droits de l'inviolable humanité.

Désormais, c'est à ceux qui mangent à tendre la main à leurs frères affamés ; c'est à ceux qui ont de l'intelligence à la mettre au service, non plus exclusivement d'une caste, mais de tous. Si la bourgeoisie se fait l'institutrice des classes populaires, — elle est sauvée, et elle se couvre d'une gloire impérissable.

Que lui demandons-nous pour le peuple?

Non pas l'égalité des fortunes, mais des conditions de bien-être matériel sans lesquelles la liberté n'est qu'un mot vide de sens, une amère et cruelle dérision.

La civilisation s'engloutira dans les tempêtes si l'on ne tend pas la main au prolétaire laborieux , si , en lui donnant les moyens de posséder et d'avoir une famille, on ne l'attache pas irrévocablement à la propriété et à la famille.

L'éducation, l'aisance, la sécurité doivent être , par le travail , l'apanage de tous les citoyens.

La tâche patriotique imposée à ceux qui sont appelés à être au pouvoir est donc :

De tendre la main au travailleur , de lui donner le travail quand il est jeune , une retraite quand ses forces trahissent son courage, de donner de l'éducation à ses enfants.

La mission politique du pouvoir est de faire fraterniser toutes les classes entre elles , de protéger la bourgeoisie contre les violences , et les prolétaires contre l'exploitation et la misère; la misère , horrible fardeau qui , quoi qu'en disent les égoïstes, n'est pas à jamais le lot fatal des trois quarts de l'espèce humaine!...

L'ennemi commun , maintenant , c'est la misère ; elle nous enlace : douleur sans nom , — elle nous brise dans ses cruelles étreintes.

Abolir la misère, —voilà la sainte croisade de notre époque. L'initiative en appartiendra à la bourgeoisie, si elle le veut.

La bourgeoisie a l'éducation, elle a le capital ; elle peut tout. Qu'elle aime le peuple, et le peuple l'aimera ; qu'elle s'inspire de l'Evangile et des sévères leçons de l'expérience pour s'élever à la hauteur du rôle religieux qu'elle doit jouer. Ce n'est que ceux qui s'abandonnent eux-mêmes qui périssent.

Du cœur ! encore du cœur ! toujours du cœur !

Tel est désormais le mot qui doit sauver le monde.

VIII.

Ce n'est pas en supprimant Dieu, — comme M. Cavaignac a supprimé les journaux, — ce n'est pas en abolissant la famille et en tuant la propriété que l'on donnera du pain au Peuple ; ce n'est pas en écrivant partout, sur les murs, sur les drapeaux, *République Française, Liberté, Égalité , Fraternité, Propriété nationale* ; ce n'est pas en nous replongeant dans les horreurs et les humiliations de l'état de siège, en confisquant les journalistes comme un *pion* de collège, c'est-à-dire un futur Président d'Assemblée Nationale, confisque un jouet produit d'une façon inopportune; ce n'est pas en étranglant la presse, juge inexorable des malhonnêtes gens de la veille et des fripons du lendemain ; — ce n'est pas en encourageant les barricades pour victorieuses les duper, et vaincues les écraser ; ce n'est pas en polluant le Trésor public, en prenant pour ambassadeurs des impurs marchands de luxure, pour fonctionnaires des êtres tarés autant qu'incapables; — non ce n'est pas ainsi qu'on donnera du pain à ces foules qui en manquent.

Ce n'est pas ainsi, je le déclare; dût-on me confisquer, me supprimer, — *m'africaniser*, me traiter comme on traite la France depuis quelque temps, — me transporter sans jugement ou me livrer aux Conseils de guerre,— tout ce qu'il y a de plus aimable en fait de juridiction.

Pour donner du pain au Peuple, il ne faut être ultra d'aucune façon ; il faut être très-modéré.—et en même temps très-avancé. Il ne faut vouloir que ce qui est possible, mais il faut sérieusement, fortement, ardemment vouloir tout ce qui est possible. Il faut, au lieu de tuer le mal, le sonder avec courage, avec cœur.

Il est des économistes sans entrailles qui prétendent que les ouvriers sont généralement heureux et gagnent suffisamment pour vivre.

Ces économistes sont les plus grands ennemis de la société, car leur cruauté sert de prétexte aux attaques dont elle est l'objet. Bien plus honnêtes sont les hommes de bonne foi qui s'appitoyent sincèrement sur les souffrances des travailleurs, et, loin de dire qu'elles n'existent pas, cherchent saintement les moyens de les soulager.

Voyons donc si les ouvriers sont aussi bien partagés que quelques gens le disent.

La classe des travailleurs se divise à Paris en 600 industries environ, les voici :

PROFESSIONS DE LA VILLE DE PARIS.

1. Abat-jour.
2 Accordeurs.
3 Acier poli.
4. Adresses a la main.
5. Affichage.
6. Affineurs de métaux.
7. Agraffes.
8. Agrémentistes.
9. Aiguilles.
10 Albâtre.
11. Amadou.
12. Allumettes.
13. Amidonniers.
14. Applatisseurs de cornes.
15. Apprêteurs d'étoffes.
16 Apprêteurs de chapeaux de paille.
17 Arçonniers.
18 Arquebusiers.
19 Canonniers.
20. Artificiers.
21. Amorces
22. Autographistes.
23. Appareils pour bains.
24. Baguettes en cuivre.
25. Baguettes en tôle.
26. Balais
27. Balanciers.
28. Baleines
29 Ballons aréostatiques.
30. Bordeaux.
31. Batiste.
32. Batteurs d'or et d'argent.
33. Bijoutiers en or.
34. Garnisseurs-tablettiers.
35. Bijoutiers en argent.
36. Bijoutiers sertisseurs.
37 Bijoutiers metteurs en œuvre.
38. Bijoutiers en doré.
39. Bijoutiers en doublé.
40. Bijoutiers en fer de Berlin.
41. Berceaux.
42. Billards.
43 Queues de billard.
44. Billes et accessoires de billards.
45. Craie pour billards.
46. Bimbeloterie.
47. Bitume, asphalte.
48. Blanchisseurs, blanchisseuses.

49. Blutoirs.
50 Boisseliers.
51. Bonnetiers.
52 Bottiers.
53 Bouchons de liége.
54 Bougies.
55. Boulangers.
56. Bourrelets.
57 Bourreliers.
58 Bourses.
59 Boutons.
60. Boyaudiers.
61 Brosseurs.
62 Bretelles.
63. Pattes de bretelles.
64. Briquets.
65. Brocheurs.
66. Assembleurs.
67. Broderies.
68. Bronzes
69. Imitation de bronze.
70. Brossiers.
71. Brunisseurs, brunisseuses.
72. Polisseuses.
73. Brunissoirs.
74. Molettes.
75. Bures.
76. Cabas
77 Filateurs de cachemires.
78. Reprises de cachemires.
79 Cadres.
80 Cafetières.
81. Cages.
82 Calorifères.
83. Canevas.
84 Caoutchouc.
85. Capotes à bouteilles.
86. Caractères à jour.
87. Caramels.
88. Carcasses.
89 Cardeurs de matelats.
90. Cardeuses de matelats.
91. Cordes.
92. Carreleurs.
93 Carriers
94. Cartes géographiques.
95. Carrossiers.
96. Cartes à jouer.

97. Cartes en feuilles.
98. Carton-pâte.
99. Carton-pierre.
100. Cartonnier.
101. Cartouches.
102. Casques.
103 Cuirasses.
104. Casquettes.
105 Ceinturonniers.
106. Cercles.
107. Cerceaux.
108. Échalas.
109. Osier.
110. Treillages.
111. Céruse.
112. Chaises.
113 Châles.
114. Chalumeaux à sonder.
115. Chandelles.
116. Chapeliers.
117. Coupeurs de poil.
118. Teinturiers en chapeaux.
119. Fourures.
120. Boucles pour fourures.
121. Étuis à fourures
122. Chapeaux de pailles.
123. Tresses de paille.
124. Teinturiers.
125. Apprêteurs.
126. Charcutiers.
127 Charnières.
128. Charpentiers.
129 Charrons.
130 Châssis à tabatières.
131. Chasubliers
132 Chaudronniers.
133. Chaufferettes.
134. Chaussonniers.
135. Socques.
136. Pantoufles.
137. Chaux.
138. Chenilles.
139 Cheminées.
140 Artistes en cheveux.
141. Chicorée.
142 Chiffonniers.
143. Chocolatiers.
144. Ciments.
145. Cirage.
146. Cire à cacheter.
147. Modeleurs en cire.
148. Ciriers.
149. Ciseleurs sur métaux.
150. Cloutiers.
151. Épingliers.
152. Clyso-pompes.
153. Coiffeurs, perruquiers.
154. Têtes à perruques.

155. Colle-forte.
156. Colle de poisson.
157 Colle de parchemin.
158. Colle de pâte.
159 Colle de peau.
160. Collier de chien.
161. Cols.
162 Cravates.
163 Confiseurs.
164. Enveloppes.
165. Moules pour confiseurs.
166. Pastilleurs.
167. Figuristes.
168 Cordes d'instrument.
169 Cordiers.
170 Cordonniers.
171. Corroyeurs.
172. Cambreurs.
173 Corsets.
174. Costumiers.
175. Filateurs de coton.
176 Filateurs de laine.
177 Ouates.
178. Étoffes de coton.
179. Couleurs.
180 Vernis.
181. Vernis vitrifiables.
182. Couteliers.
183. Coutils.
184. Ceinturons.
185. Couvertures en molleton.
186. Couvertures en zinc.
187. Couvreurs.
188. Cravaches.
189. Crayons.
190. Ardoises.
191 Crayons porte-mine.
192 Formes et embauchoirs.
193. Creusets.
194. Crics.
195. Étoffes en crin.
196. Crinoline.
197 Cristaux.
198 Cristaux pour bâtiments.
199. Cristaux pour éclairage.
200. Tailleurs de cristaux.
201 Objets en cuir repoussé.
202. Cuirs à rasoirs.
203. Cuirs vernis.
204. Découpeurs en ébénisterie.
205 Découpeurs en marquetterie.
206 Découpeurs sur métaux.
207. Dentelles.
208 Crêpes.
209 Tulles.
210. Blanchissage et apprêt de dentelles.

211 Dés à coudre.
212. Dessinateurs en châles.
213. Dessinateurs en broderies.
214. Dessinateurs en impressions.
215 Dessinateurs en papiers peints.
216 Dessinateurs sur meubles.
217 Dessinateurs sur écran.
218. Dessinateurs sur éventails.
219. Dessinateurs sur stores.
220. Dessinateurs de machines,
221 Lisseurs de dessins.
222. Doreurs sur bois.
223 Doreurs sur cuir.
224. Doreurs sur tranche.
225 Doreurs sur papier.
226 Doreurs sur métaux.
227. Doreurs sur bijoux.
228. Doreurs sur cristaux.
229. Doreurs sur pierres.
230. Doublé
231. Doublures.
232. Orseille.
233 Duvet de cachemire.
234. Eau à détacher.
235. Eaux minérales, gazeuses.
236. Appareils pour eaux minérales
    et gazeuses.
237. Ebénistes en meubles.
238. Ebénistes en pendules.
239. Filets pour ébénisterie.
240. Incrusteurs pour ébénisterie.
241. Marqueteurs pour ébénisterie.
242. Guillocheurs pour ébénisterie.
243. Meubles.
244. Lits élastiques.
245. Echafauds.
246. Machines.
247. Echelles.
248 Ecrins.
249. Emailleurs.
250 Emaux.
251. Emballeurs.
252 Emeri et rouge à polir.
253 Encadreurs d'estampes.
254. Encre.
255 Encre d'imprimerie.
256. Encriers.
257. Enlumineurs, enlumineuses.
258 Enseignes.
259. Eperonniers.
260. Grillageurs.
261. Equipements militaires.
262. Espagnolettes.
263. Essayeurs d'or et d'argent.
264. Estampeurs.
265. Etain en feuille.
266. Etameurs.
267. Etendelles.

268. Etiquettes.
269. Etrilles
270. Facteurs d'instruments.
271. Faïence.
272. Meubles en fer.
273. Fers creux.
274. Fers galvanisés.
275 Ferblantiers.
276. Figuristes en plâtre.
277. Féculiers.
278 Fil
279. Filets.
280 Filières.
281. Frisoirs.
282. Filoirs.
283 Filigranistes.
284. Fleuristes.
285. Fontainiers.
286. Fondeurs en cuivre.
287 Fondeurs en fer.
288. Fondeurs en caractères.
289 Stéréotypeurs.
290. Sondeurs.
291 Foreurs.
292. Satineurs.
293. Lampistes.
294. Jouets d'enfant.
295. Mottes à brûler.
296 Jarretières.
297. Pétrins.
298. Poids.
299. Fourbisseurs.
300. Fourneaux économiques.
301. Fourneaux pour chimistes.
302. Fourreaux.
303. Gainiers.
304. Galoches.
305. Gantiers.
306 Guêtriers.
307 Appareils inodores.
308. Appareils pour le gaz.
309. Gaze.
310. Gélatine.
311 Gomme élastique.
312. Gravatiers
313 Graveurs en taille douce.
314 Graveurs en géographie.
315 Graveurs en architecture.
316 Graveurs en lettres.
317 Graveurs en caractères.
318. Graveurs à jour.
319. Graveurs de musique.
320 Graveurs sur métaux.
321. Graveurs sur bijoux.
322 Graveurs en cachets.
323. Graveurs pour fleuristes.
324. Graveurs sur pierres fines.
325. Graveurs sur médailles.

22

326. Graveurs sur bois.
327 Graveurs sur cristaux.
328. Graveurs sur pierres lithogra-
    phiques.
329. Guillocheurs.
330. Confectionneurs d'habits.
331. Costumiers.
332. Bandagistes.
333. Hongroyeurs.
334 Horlogers en albâtre.
335. Horlogers en pendules.
336. Horlogers en montres.
337. Horlogerie.
338. Boîtes de pendules.
339. Socles de pendules.
340. Marbriers en pendules.
341. Peintres sur cadran.
342 Emailleurs sur cadran.
343 Huile.
344. Imprimeurs en lettres.
345. Imprimeurs lithographes.
346. Imprimeurs en taille douce.
347. Imprimeurs en couleurs.
348. Imprimeurs sur étoffes.
349 Imprimeurs de musique.
350. Instruments de chirurgie.
351. Facteurs de pianos.
352. Anches.
353. Archets.
354. Clés d'instruments.
355 Cordes.
356. Métromanes.
357. Jardiniers-fleuristes,
358. Joailliers.
359. Metteurs en œuvre.
360. Pierres à rasoir.
361. Lacets.
362. Perceurs de lacets.
363. Laine.
364. Lamineurs.
365. Lapidaires.
366. Diamantiers.
367. Laveurs de cendres.
368. Lavetiers-coffretiers.
369. Lettres en relief.
370 Limes.
371. Limetiers.
372 Lingères.
373. Luthiers.
374. Maçons.
375. Maillechort.
376. Objets en maillechort.
377. Mannequins.
378 Maquettes.
379. Marbriers pour monuments fu-
    nebres.
380. Maréchaux-ferrants.
381. Maroquins.

382. Marques.
383. Mastic.
384. Mécaniciens.
385. Pompes.
386. Mèches.
387. Mégissiers.
388. Menuisiers en bâtiments.
389 Menuisiers en meubles.
390. Menuisiers en fauteuils.
391. Menuisiers rampistes.
392. Menuisiers treillageurs.
393 Menuisiers modeleurs.
394. Menuisiers en cadres.
395. Menuisiers en voitures.
396 Mouleurs
397. Bordeurs.
398. Mesures linéaires.
399. Miroitiers.
400. Mouleurs figuristes.
401. Monteurs de boîtes.
402 Moules.
403. Moutardiers.
404. Nacres de perle.
405. Navettes pour tissage.
406 Nécessaires.
407. Noir animal.
408. Noir de fumée.
4 9. Noir d'ivoire
410. Tissus.
411. OEillets métalliques.
412. Feux artificiels.
413. Ognons brûlés.
414. Opticiens.
415. Orfèvres.
416. Cuilleristes.
417. Orgues.
418. Serinettes.
419. Ornements d'église.
420. Ornements pour ameublements.
421 Outils.
422. Paillassons.
423. Paillons et paillettes.
424. Pains à cacheter.
425. Pain d'épice.
426 Papiers
427. Papiers peints.
428. Papier de verre.
429 Parapluies.
430 Garnisseurs de parapluies.
431. Parcheminiers.
432. Parfumeurs.
433. Parqueteurs.
434 Passementiers.
435. Doreurs pour passementiers.
436. Brodeurs pour passementiers.
437 Patins.
438 Pâtissiers.
439. Paveurs.

440. Peaussiers.
441. Peignes en écaille.
442. Peignes en ivoire.
443. Peignes en buffle.
444. Peignes en buis.
445. Peignes à tisser.
446. Peintres en décors.
447. Peintres en bâtiments.
448. Peintres vitriers.
449. Peintres sur porcelaines.
450. Peintres-doreurs.
451. Peintres en voitures.
452. Perles fausses.
453. Perles d'acier.
454. Pianos.
455. Carriers.
456. Gargouilleurs.
457. Tourneurs en pierre.
458. Tourneurs en buis.
459. Tourneurs en métaux.
460. Pinceaux.
461. Pipes.
462. Planeurs sur métaux.
463. Platines.
464. Plâtriers.
465. Plomb laminé.
466. Plomb de chasse.
467. Plombiers.
468. Plumassiers.
469. Plumes pour literie.
470. Plumes naturelles.
471. Plumes métalliques.
472. Poêliers-fumistes.
473. Pois à cautères.
474. Porcelaines.
475. Couleur pour porcelaine.
476. Pâte de porcelaine.
477. Découpeurs de porcelaine.
478. Portefeuilles.
479. Potiers d'étain.
480. Potiers de terre.
481. Potiers de grès.
482. Carreaux.
483. Potiers réfractaires.
484. Presses à imprimeur.
485. Presses à copier.
486. Produits chimiques.
487. Pulvériseurs.
488. Raffineurs de sel.
489. Raffineurs de sucre.
490. Ramoneurs.
491. Registres.
492. Garnisseurs de registres.
493. Régleurs de papier.
494. Métiers à régler.
495. Relieurs.
496. Reperceuses.
497. Restaurateurs.

498. Restaurateurs de tableau.
499. Rocailleurs.
500. Sabots.
501. Suis.
502. Salpêtriers.
503. Savon.
504. Scieurs de marbre.
505. Scieurs de pierre.
506. Scieurs à la mécanique.
507. Scieurs de long.
508. Scies.
509. Sculpteurs sur bois.
510. Sculpteurs sur ivoire.
511. Sculpteurs sur pierre.
512. Selliers.
513. Selliers harnacheurs.
514. Selliers enveloppeurs.
515. Selliers contourneurs.
516. Serruriers.
517. Soie végétale.
518. Apprêteurs de soie de sanglier.
519. Sommiers élastiques.
520. Soufflets.
521. Stores.
522. Divans.
523. Strass.
524. Stucateurs.
525. Fondeurs de suif.
526. Tabletiers.
527. Taillandiers.
528. Tailleurs d'habits.
529. Tailleurs de gilets.
530. Tailleurs de pantalons.
531. Tamis.
532. Tampons pour impressions.
533. Tanneurs.
534. Tapissiers.
535. Teinturiers-dégraisseurs.
536. Teinturiers en peaux.
537. Teinturiers chineurs.
538. Terrassiers.
539. Tireurs d'or.
540. Tissus imperméables.
541. Toiles cirées.
542. Toiles métalliques.
543. Tôliers.
544. Tôles vernies.
545. Tonneliers.
546. Tourneurs en bois.
547. Tourneurs en os.
548. Tourneurs en cuivre.
549. Tréfileuses.
550. Tréfileurs.
551. Tresseurs pour chaussons.
552. Tresseurs en cheveux.
553. Tuiles et briques.
554. Ustensiles de ménage.
555. Ustensiles de chasse.

556. Ustensiles de pêche.
557. Veilleuses.
558 Vanniers.
559. Vermicelles.
560. Vernis.
561 Vernisseurs sur coquetiers.
562. Vernisseurs sur cuir.
563. Vernisseurs sur feutre.
564. Vernisseurs sur métaux.

565. Verre pilé.
566. Coupeurs de verre.
567. Bombeurs de verre.
568. Tireurs de verre.
569 Vidangeurs.
570. Vinaigres.
571. Visières.
572. Zingueurs.

Telles sont les principales professions de Paris, il est certain qu'on peut les évaluer toutes à 600 au moins.

Ces diverses professions industrielles occupent 465,000 ouvriers en été, et 235,000 en hiver, car chaque année il y a en moyenne 30,000 ouvriers qui viennent à Paris au printemps, et retournent dans leur pays natal avant l'hiver. Ces ouvriers sont presque tous employés au bâtiment, comme maçons, charpentiers, tailleurs de pierre, couvreurs, etc.

Les ouvriers réellement domiciliés à Paris ne sont guère qu'au nombre de 75,000. Les ouvrières sont au nombre de 40,000 (la moitié seulement sont mariées). Les apprentis des deux sexes sont au nombre de 100,000. 20,000 ouvriers et ouvrières logent en garni. Au chiffre de 265,000 ouvriers employés à Paris l'été, il faut ajouter 4,000 chiffonniers et chiffonnières, hommes, femmes, enfants, ce qui fait 269,000.

En moyenne, — car les chiffres absolus sont impossibles, à cause de la facilité avec laquelle on passe d'un état à un autre, — il y a à Paris :

40,000 cordonniers; 50,000 tailleurs; 10,000 bijoutiers; 6,000 typographes; les ouvriers en bâtiment sont au nombre de 30,000, dont 5,000 charpentiers; les domestiques, les concierges, leurs femmes et leurs enfants sont au nombre de 52,000.

Maintenant voici, par jour, le chiffre du salaire, en temps ordinaire, car depuis la dictature de ces esprits sans portée, il n'y a plus de travail, et par conséquent plus de salaire. Le riche est ruiné, l'industriel et le commerçant sont ruinés, le travailleur, l'artiste, tout le monde est ruiné!

La journée de Paris est de *douze heures* de travail, et elle est payée *trois francs*, en moyenne. Voici le chiffre du salaire des ouvriers du bâtiment :

Les charpentiers. . . . . **4 fr.** 50 c.
Les couvreurs. . . . . 5 »
  Garçons servants. 3 50
Les maçons plâtriers. 4 25
  Garçons servants. 2 50
Les ouvriers maçons n'employant que de la
meulière. 3 75
Les tailleurs de pierre. 4 25
Les menuisiers. 3 25
Les serruriers-forgerons. . . . . . . 5 »
  Ajusteurs. . . . . 4 »
  Tourneurs. . . . . 4 »
  Ferreurs . . . . 4 »
  Frappeurs. 3 50
Peintres. . . . . 4 »

Le salaire des femmes est extrêmement minime; il s'élève
rarement au-dessus d'un franc par jour, d'où il résulte qu'une
heure de prostitution rapporte davantage que plusieurs jours de
travail ! Il n'y a que les fleuristes et les blanchisseuses qui gagnent un peu plus. Les couturières ont vingt sous, les brodeuses
75 centimes; les malheureuses qui travaillent pour les confectionneurs ne peuvent jamais, en s'usant les yeux et la poitrine,
gagner plus de quarante et cinquante centimes par jour ! encore faut-il qu'elles retirent, sur ce chiffre, de 5 à 10 centimes
pour l'achat du fil, des aiguilles, de la cire blanche, etc. ...

Et si encore on travaillait toute l'année ! mais non ! il y a
les mortes saisons, les chômages.

Dans chaque industrie, il y a un chômage qui dure au moins
deux mois, auxquels il faut ajouter deux autres mois pour les
dimanches et fêtes. Souvent le chômage est plus long; cela dé-
pend de l'état des affaires et des professions. Pour les bijoutiers
et les ouvriers du bâtiment seuls, le chômage est fixe. Les premiers sont inoccupés depuis le mois de février jusqu'à la fin
d'août ; les seconds depuis le mois de novembre jusqu'au com-
mencement d'août.

———

IX.

Et si maintenant nous cherchons quel rapport existe entre le
salaire et la subsistance, nous trouvons qu'en ne comptant que les

besoins matériels, absolument indispensables de l'ouvrier, tel que nourriture fort ordinaire, vêtements très-vulgaires, logement affreux, chauffage insuffisant, éclairage , etc..., nous trouvons que le salaire n'est nullement en rapport avec les dépenses *indispensables* pour soutenir le modeste ménage d'un ouvrier.

Le salaire est insuffisant : en effet, sa moyenne est de trois francs par jour, qui multipliés par 365 donnent 1,095 fr. Défalquons pour deux mois de chômage 180 fr., pour les dimanches et fêtes 180 fr., reste 735 fr.

La femme peut gagner quelques sous par jour dans les premiers temps de son ménage ; car dès qu'elle a des enfants, elle ne peut plus travailler.

Comparons ce chiffre du salaire 735 fr. à celui des dépenses rigoureusement indispensables pour le ménage du travailleur.

DÉPENSES D'UNE ANNÉE.

365 pains de 2 kilog. à 70 c.	255 f.	50 c.
Viande, légumes, fromage (1 fr. par jour).	365	00
Loyer.	100	00
Chauffage.	20	00
Éclairage.	20	00
Blanchissage.	50	00
Entretien du linge, mobilier, etc. . . .	25	00
Vêtements pour le mari.	60	40
Id. pour la femme..	40	00
Id. pour les deux enfants.. . . .	55	00
Total. . . .	990 fr.	50 c.

Nous avons compté deux enfants ; quelque fois l'ouvrier en a cinq ou six ; le pain n'est porté qu'à 70 c. les 2 kil., il est souvent plus cher ; le chauffage n'entre que pour 20 fr. par an ;— il n'est point question de vin dans ce tableau, ni des mois de nourrice, ni des frais de maladie, ni des dépenses imprévues.

Eh bien ! quoique nous ayons ainsi très-restreint les dépenses, de combien n'excèdent-elles pas les recettes !

Dépenses. . .	990 fr.	50 c.
Salaire. . . .	735	00
Déficit. . . .	255 fr.	50 c.

Ces chiffres, d'une exactitude implacable et cruelle, montrent surabondamment que l'ouvrier ne peut vivre avec son travail, et qu'il est obligé de se priver des objets de première nécessité. Plus il avance en âge, et plus décroît le salaire, et quand il est âgé et infirme, le vieux prolétaire, en proie à toutes les horreurs d'une misère sans merci, maudit l'existence amère, et de tous ses vœux appelle la mort comme un bienfait.

———

X.

La misère évidemment affreuse des classes laborieuses doit être attribuée à un immense malentendu, car, avec un peu de bonne volonté de part et d'autre, on arriverait facilement et pacifiquement à la solution du problème.

Cette solution n'est pas seulement appelée par les ouvriers intelligents, elle est appelée par des hommes de cœur et de talent, appartenant aux classes élevées qui, comprenant les souffrances des travailleurs, se sont imposés la tâche à jamais religieuse et noble de se constituer leurs protecteurs.

Ces âmes d'élite ont toutes conclu à la nécessité d'associer les ouvriers par états et métiers. Il ne faut pas tuer la concurrence, qui est un moyen certain d'émulation, mais il est important d'en limiter la liberté. — Il lui faut substituer l'association.

Le mot ASSOCIATION est devenu le mot de ralliement de tous les hommes de bonne volonté. Encourager l'association et l'affranchir des entraves, c'est ce que commande à la fois l'humanité, la justice, et l'éternelle loi du progrès.

L'association est certainement le moyen de remédier à ces immenses et profondes douleurs qui pèsent sur les travailleurs. Mais ce n'est pas à coups de fusil qu'on imposera l'association aux *maîtres* avec les *ouvriers*, c'est par la persuasion, en développant dans l'âme des premiers le sentiment de fraternité.

Il serait puéril de nier l'antagonisme malheureux qui existe entre le maître et l'ouvrier. Pour qu'il en fût autrement, il faudrait que ce dernier ait un intérêt quelconque dans l'entreprise qu'il soutient par son travail. Tant que cet intérêt n'existera pas, l'ouvrier se considèrera comme un instrument de fabrication qu'on change quand il ne convient plus, qu'on jette au rebut lorsqu'il devient vieux, et, conséquemment, inutile. Vérité dure, mais courageuse à dire ! il y a hostilité permanente entre le maître et l'ouvrier. Du moment où l'ouvrier est persuadé qu'il n'**y** a rien d'utile pour lui dans la prospérité de celui qui l'emploie, le travail pour lui n'aura rien d'attrayant, et il considèrera son patron toujours comme un exploiteur. Il s'ensuit de cette anarchie ind ustrielle qu'il y a, entre l'ouvrier et le maître, lutte, au moins indifférence, — pas la moindre solidarité, pas la moindre fraternité.

———

XI.

La réduction de l'effectif militaire est une mesure d'économie sur laquelle tous les esprits sains sont d'accord. Nous avons une armée qui nous coûte UN MILLION CINQ CENT MILLE FRANCS PAR JOUR.

A quoi bon?

Est-ce pour maintenir l'ordre? — Mais l'ordre ne repose pas sur la force armée, mais bien sur la force morale.

L'ordre repose sur le respect des lois; — faites des lois protectrices, libérales, fraternelles, et personne ne les enfreindra.

Satisfaites tous les intérêts légitimes, et personne ne troublera l'ordre.

Donnez par le travail du pain à ceux qui ont faim, et personne ne troublera l'ordre par misère.

Rétablissez l'ordre moral, et l'ordre matériel n'aura rien à craindre.

Abordez hardiment toutes les innovations généreuses que commandent les souffrances du peuple, l'état des esprits et les intérêts de la nation, encore émue par les crises profondes, et vous aurez l'ordre.

Travaillez à détruire le mal, la misère et l'ignorance, et vous aurez créé le bien, le bonheur, le savoir, et le peuple sera calme.

L'ordre de la place publique, l'ordre de la rue ne fait pas vivre les peuples; c'est l'ordre de la tranquillité des esprits et des âmes; c'est l'ordre qui naît de l'harmonieux concours des gouvernés et des gouvernants; c'est l'ordre qui naît de la satisfaction des besoins sociaux; c'est l'ordre du Pouvoir ayant l'intelligence de son temps, sachant suivre le mouvement du progrès, — et s'emparer de l'initiative des réformes. Tel est l'ordre qui fait prospérer les nations.

L'ordre n'est pas, en France surtout, après tant de progrès

dans les idées, et en présence des hautes questions sociales qui s'agitent, dans la vigilance du soldat.

Les éléments de l'ordre sont dans la conciliation des partis, dans l'étouffement des vieilles haines, dans les développements réguliers et sincères des principes de liberté, d'égalité, de fraternité, dans l'assistance envers ceux qui souffrent, dans l'adoption des mesures capables de calmer la misère publique.

Non-seulement nous avons trop de soldats à payer, mais le mode de notre recrutement est vicieux. Et, en effet, le fils d'une veuve ayant une grande fortune se trouve exempté alors que sa mère pourrait rigoureusement se passer de lui, et le pauvre agriculteur est obligé de partir ou de vendre le peu qu'il a pour *s'acheter un homme.*

S'ACHETER UN HOMME !

Il est donc urgent de procéder à un nouveau système de conscription militaire, qui, au lieu de ruiner l'État et le peuple, soit au contraire une source de richesses. Ce système, qui fera l'objet d'un prochain travail, offre annuellement à l'État un bénéfice de *six cents millions*; il enrichit en outre cinquante mille familles, et il dote le peuple de la plus grande masse possible de liberté, de moralité et de bien-être. C'est ce que doivent se proposer tous ceux qui se penchent, affligés et sympathiques, sur les classes laborieuses.

Pour sauver la société, il faut combattre l'individualisme, — mal odieux qui nous ronge. C'est l'individualisme qui a engendré l'avidité de l'argent et a détruit en partie la famille. Remplaçons l'individualisme par la solidarité, la haine par l'amour, le culte de l'or par celui de la fraternité. Rendons la famille et la propriété accessibles aux travailleurs ; — que la solidarité nous sauve des excès de l'individualisme ; que personne d'entre les enfants de Dieu ne soit en peine d'un gîte ; que pas un homme laborieux ne se couche sans souper. Que pas un homme ne souffre de la faim et du froid, car on en meurt, et l'humanité tout entière s'incarne dans un seul de ses membres malheureux ou persécuté !

Aimons-nous, tout est là, mes frères.

Fraternité ! Ah ! c'est le mot du Christ ; et il renferme en lui toute la science sociale, tout le bonheur de l'humanité.

Soulager ceux qui souffrent, les aimer, les traiter comme des frères, dans la vérité du mot, voilà ce que nous a appris l'Évangile, — et c'est le devoir de tous les hommes.

L'ordre ne sera maintenu, la liberté ne sera respectée, le

progrès ne se fera que quand les hommes s'aimeront comme des frères.

Les souffrances du peuple ne sont plus un mystère pour personne.

Il s'agit de mettre en pratique le grand principe de fraternité qui est appelé à sauver le monde.

Que l'antagonisme cesse entre le citoyen ouvrier et le citoyen qui l'occupe.

Que l'on reporte vers l'agriculture qui en a tant besoin, les forces que l'on concentre à tort dans certains grands centres, foyers de bouleversements et de douleurs.

Que l'on frappe l'abus de la centralisation, malheur social qui crée une population misérable.

Je le répète, c'est à ceux qui ont l'intelligence et le capital, la puissance politique et la puissance sociale, à donner au monde l'exemple du dévouement au développement de la prospérité populaire. La monarchie a eu ses grands hommes, tout animés par les plus nobles instincts ; l'histoire a béni quelques-uns de ces grands citoyens qui se sont montrés généreux. Turgot, ministre de l'infortuné Louis XVI, a dit :

« Dieu, en donnant à l'homme des besoins, et lui rendant nécessaire la ressource du travail, a fait du droit de travailler la propriété de tout homme, et cette propriété est la plus sacrée et la plus imprescriptible de toutes !... »

Aucune classe n'a le monopole des instincts démocratiques; il n'y a pas que ceux qui quêtent la popularité qui aiment les ouvriers, compâtissent à leurs maux, en recherchent le soulagement; il est, qu'on le sache bien, il est, dans les hautes sphères sociales, des hommes animés de l'esprit de l'Évangile qui cherchent la solution de ce terrible problème, et qui, socialistes pacifiques et raisonnables, concluent à l'*Association*, non pas d'une façon extravagante et injuste, mais dans les limites respectables du possible.

Que le peuple ne désespère donc pas. N'est-ce pas la bourgeoisie qui lui a fourni toujours ses chefs, ses défenseurs, ses écrivains?.. Séparer la nation en deux camps, est une impiété aussi lâche que lâche est la dureté qui consiste à proclamer que les ouvriers sont très-heureux ainsi, et qu'il n'y a rien à faire pour eux.

Il y a à dégager le socialisme des erreurs, des mensonges, des faussetés, des ridicules dont certains l'ont entouré, et à en faire faire sortir la régénération de l'humanité.

C'est à la bourgeoisie à donner l'exemple, de même que la

noblesse s'est associée en 89 au mouvement d'émancipation qui mettait un terme à ses privilèges.

Entre ceux qui veulent tout pour les ouvriers, et ceux qui veulent tout pour les patrons, entre deux extrêmes également fâcheux et coupables, il y a l'opinion du bon sens, de la vérité et de la justice.

Nous sommes dévoués au triomphe de cette opinion, et malgré les difficultés et les répugnances, nous indiquerons prochainement les moyens pratiques de la traduire par des actes.

Attendons la chute des sybarites du *National*, vaniteux de la veille, incapables du lendemain ; — à bientôt !

PARIS. — Impr. de A. HENRY, rue Git-le-Cœur, 8.

DU MÊME AUTEUR :

Ouvrages politiques.

Histoire de France, 1 vol. grand in-8 illustré.
Histoire du peuple Parisien, 1 vol. in-8,
Histoire de la Réforme, 2 vol. in-8.
La Famille d'Orléans, 1 vol. in-8.
Cri de Misère, brochure in-8.
Cri de Liberté,   Id.
Cri de Guerre,   Id.
Les Tombeaux de St-Denis (Etudes historiques), 1 vol. in-18.

Ouvrages littéraires.

Quatre mois en mer, 1 vol. in-8.
Nuits Espagnoles, 1 vol. in-8.
Beneditto, 1 vol. in-8.
La Dame de Trèfle, 1 vol. in-8.
Médéric, 2 vol. in-8.
Un grand Homme politique, 2 vol. in-8.
Le Peintre breton, 2 vol. in-8.
Les Mystères du grand monde, 6 vol. in-8.
La Citadelle de Doulens, 3 vol. in-8.